AF221105

# Susi Menzel

Schnecke und Amsel

## Schnecke und Amsel im Land der Farben

Eine Geschichte über Freundschaften, die Wirkung von Farben und über Tiere und Pflanzen.

Schnecke möchte unbedingt in das weit entfernte Land der Farben. Nun ist eine Schnecke bekanntlich nicht sonderlich schnell. Da verhilft ihr ein Gänseblümchen zu einer „Mitflieg"-Gelegenheit auf dem jungen Amselmann.

Im Land der Farben durchlaufen beide Abenteuer, die geprägt sind von der Wirkung der einzelnen Farben auf Lebewesen…

## Die Autorin

 Susi Menzel lebt in Minden in Ostwestfalen. Ihr Garten ist ihr ständiger Ideengeber.

In Biowiesen, dem Ringelblumenwald, zwischen riesigen Brennnesseln und im Gemüsebeet tummeln sich allerlei Tiere jeglicher Größe und Gestalt, die sich nicht immer „grün" sind. Besonders die Vögel zwitschern jeden Tag ihre Begeisterung über den Naturgarten in die Welt und regen so die Fantasie der Autorin an.

**Neues und Infos über Susi Menzel:**

Internet: www.smenzel.de
Facebook: Susi Menzel Minden
Instagram: @sumegri
YouTube: Susi Menzel und Vorlesegeschichten

Susi Menzel

# Schnecke und Amsel

Eine Reise durch das Land der Farben

Eine fantastische Geschichte

Veröffentlichungen von Susi Menzel:

„Von wegen faul auf dem Sofa liegen" – Ein Katzenroman

Lies mal wieder – Geschichten zum (Vor)lesen auf
www.smenzel.de

Bibliografische Information der Deutschen Nationalbibliothek:
Die Deutsche Nationalbibliothek verzeichnet diese Publikation in der
Deutschen Nationalbibliografie; detaillierte bibliografische Daten sind im
Internet über http://dnb.dnb.de abrufbar.

Fotos und Zeichnungen: © Susi Menzel
Umschlaggestaltung und Zeichnung: Susi Menzel

Herstellung und Verlag: BoD – Books on Demand, Norderstedt

ISBN: 978-3-7526-8606-7

Gewidmet den Menschen,

für die Freundschaft etwas Besonderes ist.

# Schneckes Aufbruch

„Hallo, ich bin Schnecke und ich bin so traurig", schnaufend ließ sich die Schnecke unter dem Gänseblümchen nieder.

Amüsiert schaute das Gänseblümchen auf ihren Gast herunter. Die Schnecke war so groß wie ein Kieselstein, hatte ein gelb-schwarz gestreiftes Haus, einen sandfarbenen, sehr faltigen Körper und vier ausklappbare Fühlerpaare, auf den beiden oberen Fühlern saßen die Augen der Schnecke, sodass sie auch beim Fressen nach oben gucken konnte.

Das Gänseblümchen hatte sie schon über eine halbe Stunde lang beobachtet, wie sie in einer für eine Schnecke erstaunlichen Geschwindigkeit schnurstracks auf sie zugekrochen war. Jetzt saß sie unter ihm und rang nach Luft.

Eine Schnecke, die es eilig hatte, machte das Gänseblümchen sehr neugierig.

Teilnahmsvoll fragte es: „Was macht dich denn so traurig, Schnecke?"

„Ein kleiner Vogel hat mir von dem Land der Stiefmütterchen erzählt. Es muss wunderschön sein. Es leuchtet in allen Farben des Regenbogens. Ich möchte unbedingt dorthin. Aber es ist furchtbar weit und ich bin doch so langsam. Ich wünschte, ich wäre ein Vogel. Dann könnte ich dorthin fliegen", seufzte die Schnecke.

„Du bist, was du bist. Eine Schnecke. Daran lässt sich nichts ändern", sagte das Gänseblümchen. „Was ist denn so besonders an den Stiefmütterchen? Es gibt doch hier auch welche. Besuche die doch."

„Nein. Das ist nicht dasselbe. Dort in dem Land, von dem mir der Vogel erzählt hat, gibt es ganz besondere Stiefmütterchen. Sie wachsen in allen Farben des Regenbogens. Jede Farbe hat eine besondere Bedeutung und Wirkung. Die Stiefmütterchen weisen den Weg durch die Farben und lehren die Wirkung der Farben, damit man sie heilend bei anderen Lebewesen anwenden kann, wenn diese krank oder traurig sind."

Die ausgestülpten Fühler der Schnecke wackelten bei der Erzählung aufgeregt hin und her.

„Das scheint dir aber ein großes Bedürfnis zu sein", sagte das Gänseblümchen nachdenklich, „Und wer weiß, vielleicht kannst du eines Tages auch uns hier einmal helfen. Deshalb lade ich dich ein, ein Blatt von mir zu fressen, damit du gestärkt bist. Und dann geh einfach los. Auch wenn du langsam bist, kannst du ans Ziel kommen. Du könntest größere Tiere bitten, dich ein Stück mitzunehmen. Vielleicht findest du sogar eines, das dich direkt dorthin bringt"

Die Schnecke strahlte: „Ach wär das schön! Danke für den Tipp, Gänseblümchen. Darauf bin ich noch gar nicht gekommen. Das werde ich dir nicht vergessen."

Die Schnecke fraß genüsslich ein grünes Blatt, als sich das Gänseblümchen plötzlich mit einem ihrer weißen Blütenblätter an ihr gelbes Köpfchen fasste:

„Dass ich nicht gleich darauf gekommen bin!", rief sie, „Schnecke, bleib über Nacht bei mir. Ganz frühmorgens kommt immer eine Amsel hierher. Sie ist sehr freundlich. Sie können wir fragen, ob sie dich ins Land der Regenbogen-Stiefmütterchen bringt. Oder wenigstens ein Stück weiterbringen kann. Sie hat nämlich Familie und vielleicht nicht so viel Zeit. Aber sie ist groß und stark genug, dich zu tragen. Wir fragen sie einfach morgen früh."

„Das würdest du für mich tun, Gänseblümchen? Wie kann ich dir je danken."

„Deine Freude ist mir Dank genug", sagte das Gänseblümchen bescheiden und strahlte selbst vor Freude.

In der Zwischenzeit war es dunkel geworden und so verkroch sich die Schnecke in ihr Haus, das

Gänseblümchen schloss seine Blüte und sie schliefen tief und fest, bis sie von dem wunderschönen Gesang der Vögel und den ersten Sonnenstrahlen geweckt wurden.

Sie hatten gerade ihre Augen aufgeschlagen und sich gereckt und gestreckt, als sich die Amsel im Gras niederließ und fröhlich sagte: „Guten Morgen, Gänseblümchen. Wie geht es dir heute?"

„Oh, danke, mir geht es gut", gähnte das Gänseblümchen. „Wie geht es dir und was macht die Familie?"

„Uns allen geht es gut. Die fünf Kleinen werden immer frecher."

Die Amsel erzählte von den neuesten Streichen ihrer Nachkommenschaft und sie mussten herzlich darüber lachen. Dann trug das Gänseblümchen die Bitte der Schnecke vor.

Die Amsel antwortete: „Es tut mir leid. Ich würde dir gerne den Gefallen tun, aber ich habe keine Zeit. Die Kleinen werden bald flügge und brauchen unsere ganze Aufmerksamkeit, damit ihnen nichts geschieht. Aber vielleicht kann ich dir anders helfen. Meine Nachbarin hat einen Sohn, der schon fast erwachsen ist. Es ist für ihn an der Zeit, sich sein eigenes Reich zu suchen, wo er eine Familie gründen kann. Er wäre genau der Richtige für dich, Schnecke."

Die Amsel hielt kurz inne und schüttelte bedächtig ihren Kopf hin und her: „Ein bisschen wild ist er. Er ist halt jung und abenteuerlustig. Aber eigentlich ist er ganz nett. Wartet hier, ich sage der Nachbarin Bescheid und schicke sie mit ihrem Sohn hierher. Dann könnt ihr miteinander reden."

# Amsel

Etwa eine Stunde später kamen Mutter und Sohn Amsel an.

„Jetzt benimm dich, Sohn!", sagte die Mutter unwirsch.

„Ich will nicht mit so einem klebrigen, glitschigen Etwas auf dem Rücken zu den doofen Regenbogen-Stiefmütterchen fliegen", rief der Sohn trotzig.

Die Schnecke guckte ihn verwundert und ängstlich an. Er hatte eine Sicherheitsnadel im rechten Flügel und ein Nietenarmband um den linken Fuß. Er sah ziemlich struppig aus: Einige seiner braunen Kinderfedern hingen ihm noch im Gefieder, das sicher schon bald glänzend schwarz sein würde.

Wütend stapfte er auf die Schnecke zu und zischte sie an:

„Du blödes Ding. Ich mag dich nicht!"

Erschreckt zog sich die Schnecke in ihr Haus zurück.

Die Mutter rief laut: „Halt deinen Mund, Sohn! Und höre jetzt zu. Es geht um deine Zukunft."

Die Schnecke steckte vorsichtig ein Auge aus dem Haus, und als sie sah, dass er sich pfeifend abgewendet hatte, kroch sie langsam wieder ganz heraus.

„Sohn, für jede Amsel ist es einmal an der Zeit, die vertraute Umgebung zu verlassen und sich seine eigene Region zu suchen. Jetzt ist deine Zeit gekommen. Bring die Schnecke in das Land der Regenbogen-Stiefmütterchen. Die Blumen sind Freunde von mir. Sie werden dir helfen, den richtigen Weg für dich zu finden."

„Müssen es denn ausgerechnet diese Langweiler sein? Ich möchte lieber in eine große Menschenstadt, wo richtig was los ist", brummte der Sohn.

„Bring die Schnecke zu meinen Freunden, übernachte dort und dann kannst du tun, was du für richtig hältst", sagte die Mutter scharf. Dann setzte sie weicher hinzu: „Viel Glück, Sohn! Und pass gut auf dich auf."

Sie drehte sich um und flog los. Nur das Gänseblümchen sah ihr trauriges, besorgtes Gesicht.

Der Sohn guckte seiner Mutter hinterher. Sein Blick war eine Mischung aus Ungläubigkeit, dass seine Mutter ihn allein ließ, und Unsicherheit, was denn jetzt wohl kommen sollte. Er wackelte unruhig mit seinem Schwanz, gab sich dann einen Ruck und guckte überheblich in die Runde:

„Spring auf Schnecke. Damit ich's hinter mir habe!",
schrie er dann.

„Erstens kann ich nicht springen und zweitens schrei
nicht so. Ich bin ja nicht taub", sagte die Schnecke.

„Wie du hochkommst, ist mir wurscht. Nur mach
schnell, damit ich dich schnell wieder los bin",
kreischte er fast hysterisch.

Das Gänseblümchen lachte: „Für eine Schnecke ist
sie ziemlich schnell, aber dennoch bleibt es ein
Schneckentempo. Also hab Geduld, Amsel."

„Ich bin schneller als du, Gänseblümchen!", rief die
Schnecke beleidigt. „Amsel, lass den Flügel herunter,
damit ich hochklettern kann."

Es war gar nicht einfach für die Schnecke auf den
glatten Federn entlang zu kriechen. Immer wieder
rutschte sie ab. Der Amsel ging das alles viel zu
langsam. Sie sprang dauernd hin und her, sodass die
Schnecke mehrmals auf die Nase fiel und mit ihrem
Haus herumkugelte.

Alle Gänseblümchen auf der Wiese und auch die
anderen Blumen sahen dem Schauspiel zu und
lachten sich schief darüber, wie die beiden
versuchten zusammenzukommen.

„Jetzt mach schon!" „Ich kann nicht. Halt still." „So doof kann man doch nicht sein! Womit habe ich das verdient?" „Wackel nicht so, du Rüpel, ich rutsche runter." „Glitschi, du bist 'n Idiot." „Nenn mich nicht Glitschi, das ist eine Beleidigung."

So ging es über eine ganze Weile, bevor die Schnecke endlich auf dem Rücken der Amsel saß und sich keuchend von dem Gänseblümchen verabschiedete.

# Der Flug

Dann ging es los. Die Schnecke musste sich ganz schön festhalten, als die Amsel startete. Mit einem Auge schielte sie nach unten und sah, dass die Wiese mit den Gänseblümchen immer kleiner wurde. Ihr wurde schwindelig und so drehte sie ihr Auge schnell zurück. Sie konzentrierte sich auf den Kopf des Vogels vor ihr, bis sie sich sicherer fühlte. Amsel machte sich einen Spaß aus der Angst der Schnecke und flog wilde Runden mit Sturzflügen knapp an den Wipfeln der Bäume vorbei. Die Schnecke schrie laut vor Angst, bis sie heiser war.

Irgendwann wurde es Amsel langweilig, die Schnecke zu erschrecken, und so ging der Flug ruhig und gleichmäßig weiter. Die Schnecke fing sogar an, den kühlen Luftzug und das Schweben zu genießen. Sie bewunderte die Landschaft unter ihr, die von hier oben aussah wie Spielzeug. Wie bunt alles war: die strahlend gelben Rapsfelder, das verschiedene Grün der Bäume und Wiesen, das dunkle Braun der frisch gepflügten Felder, das silbrige Blau der Seen und Flüsse, das Rot der Dächer der Menschenhäuser.

Immer wieder rief die Schnecke: „Oh Amsel, schau doch mal dort. Wie wunderschön das ist!"

Irgendwann brüllte Amsel: „Glitschi halt endlich den Mund. Ich kann's nicht mehr hören!"

„Amsel, es ist alles so aufregend für mich. Das ist doch mein erster Flug."

„Wenn du nicht ruhig bist, wird's auch dein letzter", brummte Amsel und setzte erneut zu einem Sturzflug an.

Die Schnecke musste sich beherrschen, dass sie nicht ihrem natürlichen Reflex nachgab, sich bei Angst in ihr Haus zurückzuziehen. Dann wäre sie nämlich heruntergefallen und unten am Boden zerschellt.

Nach einiger Zeit landete Amsel auf einem Baum. Er musste eine Pause machen und nach dem Weg fragen. Der alte Apfelbaum zeigte ihnen die Richtung und erklärte, dass es nicht mehr so weit sei.

Eine Stunde später sahen sie ihr Ziel von Weitem.

Die ganze Farbenpracht eines Regenbogens schien auf die Erde gemalt zu sein. Selbst Amsel war von der Schönheit so beeindruckt, dass er laut „Wow!" ausrief.

Je näher sie ihrem Ziel kamen, desto klarer wurden die Farben. Sie konnten sehen, dass es viele tausend Stiefmütterchen sein mussten, die den Regenbogen bildeten. Sie landeten bei den weißen Blumen und wurden dort herzlich empfangen. Fast so, als hätte man sie schon lange erwartet. Es war schon spät geworden, die Sonne hatte bereits eine tiefrosa-orangene Farbe angenommen, bevor sie unterging.

Die weißen Stiefmütterchen gaben ihnen etwas zu essen und zu trinken und fragten sie aus, woher sie kämen.

Amsel grüßte sie von seiner Mutter und sie freuten sich sehr darüber.

„Ihr seid bestimmt müde", sagten die Stiefmütterchen, „Wir wünschen euch eine gute Nacht und einen schönen Traum."

Bevor Amsel einschlief, sagte er gähnend:

„Gute Nacht, Glitschi. Es hat Spaß gemacht mit dir. Ich habe vieles wie du zum ersten Mal gesehen." Er stutzte kurz und fuhr erstaunt fort: „Habe ich das gerade gesagt? Das glaube ich nicht! Ich mach 'ner Schnecke Komplimente! Sag nichts, Glitschi!" Amsel drehte sich um und schlief ein.

Die Schnecke war so glücklich, hier zu sein, dass sie nicht sofort einschlafen konnte, obwohl sie sehr müde war und ihr die Augen zufielen. Sie ließ den aufregenden Tag noch einmal an sich vorüberziehen und überlegte dann, wie es wohl sei, am nächsten Tag durch das Regenbogenland zu wandern. Sie sah sich am Eingang des roten Gartens. Ihre Vorstellung war so intensiv, dass sie meinte, den Duft der Blumen riechen zu können.

Als sie aufwachte, rief sie Amsel. Er sollte sehen, wie schön es dort sein würde. Aber Amsel schüttelte den Kopf:

„Ich gehe in den Häusergarten der großen Menschenstadt. Dort werde ich ein berühmter Sänger."

Er sang der Schnecke zum Abschied sein schönstes Lied vor.

„Mach's gut, Amsel", sagte die Schnecke traurig, denn sie würde ihn vermissen. Irgendwie hatte sie Amsel liebgewonnen. "Danke, dass du mich hierher gebracht hast. Ich wünsche dir, dass deine Träume in Erfüllung gehen und du glücklich wirst."

Dann kroch sie los in den roten Garten.

# Der rote Garten

Sie liebte die feuchte, schwere Erde. Auf ihr konnte sie wunderbar leicht umherkriechen. Die Stiefmütterchen musste sie sich erst einmal genau anschauen. Wie viele verschiedene Gesichter sie doch hatten. Einige sahen sehr freundlich aus, einige richtig griesgrämig oder gar böse. Aber die meisten lachten und nickten ihr wohlwollend zu.

Die Schnecke fühlte sich, als wäre sie in ein Bad von verschiedenen Rottönen getaucht worden und schon selbst ganz rot. Ihr Herz puckerte wild und ihr wurde warm. Tief sog sie den dunklen Duft der feuchten Erde ein.

Eines der freundlich aussehenden Stiefmütterchen fragte: „Hallo, was machst du hier? Wer bist du und woher kommst du?"

Sie antwortete: „Ich bin die Schnecke und ich komme von sehr weit her. Seit vielen Tagen bin ich schon unterwegs. Ein kleiner Vogel hat mir von euch erzählt. Sein Vater war einmal hier. Er hat so wundervolle Dinge erzählt, dass ich unbedingt auch hierher kommen wollte. Hierher in das Land der Regenbogen-Stiefmütterchen. Und da bin ich."

„Du bist jetzt in dem roten Garten, Schnecke. Ist er nicht schön? Ich bin so stolz darauf, eins der roten Stiefmütterchen zu sein."

„Ja, es ist wunderschön", sagte die Schnecke glücklich und schaute sich weiter um, „Ich fühle mich so sicher und entspannt bei euch und gleichzeitig so voller Energie. Rotes Stiefmütterchen, was ist das Besondere an euch?", wollte die Schnecke wissen.

„Das Regenbogenland ist ein ganz besonderes Fleckchen Erde. Alle Stiefmütterchen, die hier wachsen, haben eine besondere Ausstrahlung und Gabe. Jede Farbe hat eine etwas andere Eigenschaft. Wir, die roten Stiefmütterchen, haben eine tiefe Verbundenheit zur Mutter Erde. Wir geben den Lebewesen das Vertrauen in sich selbst wieder und machen sie dadurch stark."

„Spinn doch nicht rum!", zeterte eine tiefe, harte Stimme. Die Schnecke vergaß vor Schreck, sich in ihr Haus zurückzuziehen. Sie guckte sich um und sah ein böse drein guckendes Stiefmütterchen, das sich tief zu ihr herunterbeugte. „Die da", keifte es und zeigte auf das freundliche Stiefmütterchen, „die ist ein Naivchen. Ich frage dich, Schnecke, was ist denn alles rot?"

„Oh, also Rosen zum Beispiel können rot sein",
stotterte die Schnecke erschrocken, denn sie fühlte
sich von der Bösen bedrängt, „Und Klatschmohn ist
rot. Es gibt auch das Abendrot, wenn die Sonne
untergeht."

„Und? Und was ist noch rot? Na, da kommst du
nicht drauf, was? Das Feuer ist rot!", sagte sie
unheilvoll.

„Ja, das Feuer ist auch rot. Es wärmt, wenn es kalt
ist", sagte die Schnecke leise.

„Kalt. Wärmen. haa! Es verbrennt dich, wenn du
ihm zu nah kommst", sagte das böse Stiefmütterchen
mit erhobenem Finger.

„Und, was noch? Was ist, wenn du sehr wütend bist?
Heh? - Na, dann siehst du rot!"

„Ja, du hast recht. Aber warum bist du denn so
aggressiv?", stammelte die Schnecke

„Aggressiv? Ich? aggressiv?" Seine Stimme wurde
schrill und drohte umzukippen. „Ich bin doch nicht
aggressiv. Du bist der unbeholfene Tölpel, der hier
eindringt und dumme Fragen stellt. Du bist der, der
aggressiv ist. Sieh zu, dass du wegkommst."

Das böse Stiefmütterchen zitterte vor Zorn am
ganzen Leib.

Das freundliche Stiefmütterchen sagte: „Manchen bekommt es nicht, wenn sie zu lange im Rot sind. Geh jetzt weiter, Schnecke, nimm den Duft der Erde mit und denke immer an mich, wenn du etwas Rotes siehst. In schwierigen Situationen bleibst du auf dem Boden der Tatsachen und wirst wissen, was du tun musst."

Das rote Stiefmütterchen strahlte die Schnecke an und wies ihr den Weg zum nächsten Garten, dem orangenen Garten.

Die Schnecke bedankte sich bei dem freundlichen Stiefmütterchen und kroch mit einem kurzen, leicht verwirrten Rückblick auf das böse Stiefmütterchen weiter.

# Der orangene Garten

Die rote Farbenpracht wurde immer heller, und es tauchten die ersten orangefarbenen Stiefmütterchen auf. Nach einer Weile war sie mitten drin in dem orangenen Garten. Sie hielt an und atmete tief ein. Sie fühlte sich plötzlich ganz frei und unbeschwert. Es war ihr, als wäre sie Teil eines wunderschönen Sonnenaufgangs am Morgen. Sie dachte an Amsel und wie schön es wäre, dieses Glücksgefühl mit ihm zu teilen. Sie wunderte sich über sich selbst. Denn sie hatte sich doch so über ihn geärgert. Aber er war einfach in ihren Gedanken und sie konnte ihn nicht vergessen. Was er jetzt wohl tat? Wo er wohl war? Ob er schon in der großen Menschenstadt angekommen war? Ob er auch manchmal an sie, die Schnecke, dachte? Etwas traurig ging sie weiter, bis sie an einen kleinen Fluss kam, der sich durch den orangenen Garten schlängelte. Sie fragte ein orangenes Stiefmütterchen, wie sie denn wohl weiterkäme.

„Du hast zwei Möglichkeiten. Entweder gehst du zurück oder du gehst über den Fluss, wenn du in den nächsten Garten willst," antwortete es freundlich.

Die Schnecke seufzte: „Oh je. Eine Schnecke kann doch nicht schwimmen. Ach wäre doch nur Amsel hier. Er könnte mich hinüberfliegen."

Das orangene Stiefmütterchen sagte tröstend: „Wenn das Schicksal es will, wirst du ihn bestimmt wiedertreffen. Und dann könnt ihr zusammen fliegen. Schicke ihm einen lieben Gedanken, das wird ihm guttun. Und wer weiß, vielleicht hilft dir der Gedanke an ihn, eine Möglichkeit zu finden, über den Fluss zu kommen."

Resigniert sagte die Schnecke: „Wie soll das gehen? Schwimmen kann ich nicht, fliegen kann ich nicht, eine Brücke gibt es nicht. Aber...", die Schnecke wurde ganz aufgeregt, „aber springen. Ich könnte hinüberspringen!"

„Ja, das ginge", sagte das orangene Stiefmütterchen und guckte die Schnecke an. Dann fing es leise zu kichern an.

„Warum kicherst du?", fragte die Schnecke verwundert.

Das orangene Stiefmütterchen versuchte das Kichern zu unterdrücken und musste dadurch immer mehr lachen, bis ihm die Tränen kamen.

„Springen!", keuchte sie, „Eine Schnecke, die springt, habe ich noch nie gesehen. Entschuldige, dass ich so lachen muss, aber du kannst ja noch nicht einmal schnell genug laufen, um genügend Schwung für den Absprung zu bekommen."

Die Schnecke wurde wütend und sagte spitz: „Das wollen wir doch mal sehen!" Und schon stürmte sie auf den Flussufer los und hob ab. Eine kurze Zeit lang fühlte sie sich wie ein Vogel, als sie auch schon in den Fluss plumpste.

„Platsch. Das war's. Jetzt ist es aus mit mir!", sagte sie. Wie ein Film lief ihr Leben noch einmal vor ihr ab. Sie dachte noch, dass sie mit ihrem bisherigen Leben eigentlich ganz zufrieden sein konnte, obwohl sie so furchtbar gerne noch den Rest des Regenbogenlandes gesehen und Amsel davon erzählt hätte.

Da merkte sie, dass sie nicht mehr tiefer in das Wasser sank. Sie war auf einem Kieselstein gelandet, der fast bis zur Wasseroberfläche reichte.

Die Schnecke atmete erleichtert auf. Sie guckte um sich herum und stellte fest, dass es viele Kieselsteine gab, die unter der Wasseroberfläche lagen. Sie kletterte von einem Stein zum anderen und kam schließlich im Zickzack-Kurs auf der anderen Seite des Flusses an.

Das orangene Stiefmütterchen rief ihr von der anderen Seite des Flusses zu: „Schnecke, das war eine Meisterleistung. Herzlichen Glückwunsch! Denke immer an mich, wenn du eine Idee brauchst, um etwas Ungewöhnliches zu vollbringen. Es war mir ein Vergnügen, dich kennengelernt zu haben. Viel Glück auf deinem weiteren Weg!"

„Danke Stiefmütterchen. Ich werde an dich denken, auch wenn ich gerade keine Idee brauche. Auf Wiedersehen", schrie die Schnecke zurück.

Sie drehte sich um und atmete tief durch. Dass sie so etwas Ungewöhnliches geschafft hatte, erfüllte sie mit unbändigem Stolz.

Eines der orangenen Stiefmütterchen, das auf dieser Seite des Flusses wohnte, sagte respektvoll: „Ganz schon riskant, was du da gemacht hast. Du hättest leicht ertrinken können."

„Da hast du recht. Aber weißt du, hätte ich mir den Fluss genauer angeschaut, wäre mir aufgefallen, dass ich über die Kieselsteine hätte kriechen können. Hindernisse werde ich in Zukunft genauer betrachten, bevor ich es entweder aufgabe, sie zu überwinden oder sie mit so viel Risiko zu überspringen versuche."

Sie verabschiedete sich von dem orangenen Stiefmütterchen und wanderte weiter in Richtung des gelben Gartens.

# Der gelbe Garten

Dort angekommen, glaubte sie, die Sonne selbst zu sein. So strahlend hell war hier alles. Und wie sie alle miteinander redeten und lachten. Die Schnecke setzte sich und beobachtete alles. Es war wie ein großes Fest und nur sie, die Schnecke, war allein, fühlte sich als Außenseiter.

Sie musste an Amsel denken: „Ach, wärst du doch hier, Amsel. Wir hätten so viel Spaß."

Dann gab sie sich einen Ruck und rief laut: „Warum muss ich eigentlich dauernd an Amsel denken? Er ist ein großer, schwarzer Vogel und ich eine kleine Schnecke. Wir sind so verschieden und außerdem habe ich mich ständig über ihn und seine laute Art geärgert."

Die Schnecke ging ein Stückchen weiter. Da sprach sie ein gelbes Stiefmütterchen an: „Schnecke, du siehst so traurig aus. Was ist los mit dir? Komm und erzähl uns deine Geschichte."

Sie setzte sich an das kleine Lagerfeuer und erzählte ihre Lebensgeschichte. In den schillerndsten Farben beschrieb sie die kleine Wiese, auf der sie geboren war, wie sie lernte, mit dem Haus auf ihrem Rücken umzugehen, von ihren vielen Brüdern und Schwestern, die gleichzeitig mit ihr aufgewachsen waren. Sie erzählte auch von der Trauer, als ihre Eltern gestorben waren und wie sie dann allein die ersten Begegnungen mit Igeln und Vögeln bewältigen musste. Und wie ihr dabei ihre Freunde, die Blumen, geholfen hatten.

Dann erzählte sie von ihrer abenteuerlichen Reise in das Land der Regenbogen-Stiefmütterchen und wie sie zum ersten Mal geflogen war. Auf Amsel. Erst nachdem sie geendet hatte, merkte sie, wie viele Tränen über ihr Gesicht gelaufen waren, als sie von Amsel gesprochen hatte.

„Schnecke, dieser Vogel hat einen sehr tiefen Eindruck bei dir hinterlassen", sagte das gelbe Stiefmütterchen nachdenklich, „Sieh es als ein Geschenk an, dass du eine Zeit lang mit Amsel verbringen durftest. Und denke daran, dass es so vieles Schönes auf der Welt gibt, von dem man anderen erzählen kann. Und über das man auch lachen kann."

Die Schnecke trocknete ihre Tränen, sah das gelbe Stiefmütterchen dankbar an und erzählte dann lachend von ihrer Geschichte, wie sie über den Fluss springen wollte und mitten in ihm gelandet war.

Die gelben Blumen lachten alle herzlich mit und schmückten die Geschichte immer noch weiter aus, als sich die Schnecke schon längst für ihr Interesse bedankt und verabschiedet hatte, um in den nächsten Garten, dem grünen, weiterzuwandern.

# Der grüne Garten

Der grüne Garten war anders als die Vorherigen. Er war wild, wunderschön und voller Wunder.

Schlanke, lange Grashalme standen stolz zwischen dunkelgrünen Löwenzahnbüschen, die ihre kugelrunden, silbrig-weißen Pusteblumen gen Himmel streckten. Drei- und vierblättriger Klee wechselte ab mit hellgrünen, zarten Rankengewächsen. Mitten drin wuchsen Oasen von rosafarbenen Stiefmütterchen. Über allem wehte ein leichter Wind.

Die Schnecke nahm Platz auf einem Erdhügel, holte tief Luft und betrachtete die wilde Schönheit dieses friedvollen Gartens. Die Ruhe, die er ausstrahlte, ging auf die Schnecke über.

Da kam ein Löwenzahnsamen vorbeigeflogen. Er sah aus wie ein Fallschirmspringer, der statt an einem Fallschirm an einem Propeller hing.

Er rief ihr zu: „Schnecke, geh noch ein Stückchen weiter. Dort ist das Herz des grünen Gartens."

Und so wanderte die Schnecke langsam weiter und bewunderte, wie diese unterschiedlichen Pflanzen miteinander umgingen, sich gegenseitig akzeptierten und dennoch ihr eigenes Leben führten.

Es ging ein wenig bergauf, und die Schnecke schnaufte ganz schön, bis sie oben angekommen war. Der Blick entschädigte sie für die körperliche Anstrengung. Sie blickte in ein Tal, in dem die rosafarbenen Stiefmütterchen ein riesiges Herz bildeten. Es war in ein fast unwirkliches Licht gehüllt, das leicht zu flimmern schien.

Die Schnecke stand einfach nur da und hörte sich auf einmal laut sagen: „Ich liebe euch."

Erstaunt über sich selbst ging sie ruhig weiter mitten in das rosafarbene Herz hinein. Sie ging an den Platz, von dem sie Gelächter hörte. Dort stand eine Maus, die den rosafarbenen Stiefmütterchen aufgeregt etwas erzählte. Ihre Barthaare und ihr langer Schwanz zitterten. Sie tippelte von einem Fuß auf den anderen.

Die Schnecke ging neugierig näher, bis sie die Stimme der Maus verstehen konnte: „...und stellt euch vor, dann hat sie sich einfach in dem Schwanz der Katze festgebissen. Die Katze fand das gar nicht lustig und preschte los. Dann versuchte sie, ihren eigenen Schwanz zu fangen. Aber die Maus saß oben am Schwanz und dahin kam die Katze nicht. Ihr Bauch war zu dick. Wütend rannte sie immer schneller im Kreis, bis ihr die Puste ausging und sie sich erschöpft fallen ließ. Da ließ die Maus los, stellte sich auf den Rücken der Katze und schrie: 'Hurra, ich habe die Katze besiegt! Ich bin die Größte!' Seitdem rennt sie herum und erzählt jedem, wie klug sie ist."

Die Maus machte eine kleine Pause und setzte dann grinsend hinzu: „Seitdem wird sie von der Katze regelrecht verehrt. Wenn die beiden nicht Katze und Maus wären, würde ich sogar sagen, sie ist in die Maus verliebt."

Rundherum breitete sich ein Lächeln aus. Jeder versank in seine eigene Vorstellung, wie die Katze der Maus ihre Liebe zeigte.

Während sie alle in ihre Gedanken versunken waren, fing der Wind an, leise zu blasen. Die größte der rosafarbenen Stiefmütterchen begann in dem Moment mit ihren Blättern rhythmisch zu schnippen. Die Maus schlug mit ihrem Schwanz den Takt auf den Boden, die Gräser raschelten. Und da kamen auch schon die Bienen herbeigeflogen und brummten eine Melodie. Das zog auch die Mücken an, die hell mitsummten und mit den Fliegen, Bienen und Wespen zusammen den Luft-Tanz tanzten. Die Raupen, Marienkäfer und Schnecken schlüpften aus ihren Verstecken und klatschten im Takt mit. Ein Vogel kam vorbei und sang eine wunderschöne Melodie dazu. Die Tiere aus der

Nachbarschaft gesellten sich hinzu, und sie alle sangen und tanzten die ganze Nacht.

Die Schnecke bewunderte es, wie diese so unterschiedlichen Lebewesen miteinander harmonierten. Und sie war stolz und glücklich darüber, dass sie mittendrin war. Sie stellte sich vor, dass sie alle gleichzeitig umarmen würde. Und wie zur Antwort, schmiegte sich eine kleine, grüne Raupe ganz dicht an sie.


Am nächsten Morgen war die Schnecke noch ganz benommen von den vielen Eindrücken. Sie hatte zwar wenig geschlafen, fühlte sich aber entspannt und gut ausgeruht. Neben ihr saß eine Schnecke, die mit ihrem gelb-schwarzen Haus aussah wie sie selbst.

„Das war ja ein tolles Fest", sagte die andere Schnecke und streckte sich, „Ich ziehe jetzt weiter. Hast du nicht Lust, mit mir zu kommen? Zu zweit ist es bestimmt noch aufregender, das Regenbogenland zu erkunden."

Die Schnecke dachte nur kurz nach und sagte dann: „Ja, lass uns zusammen gehen. Ich möchte gern mehr von dir wissen. Zum Beispiel woher du kommst und ...", sie lachte, „... wie heißt du eigentlich?"

„Ich heiße Felix. Und du?"

„Oh, ich heiße ..." Die Schnecke wurde verlegen. Es hatte sie lange niemand mehr nach ihrem Namen gefragt. Für Schnecken war das auch eine sehr persönliche Frage, die man nur unter sehr guten Freunden stellte. Selbst Amsel hatte sie nie danach gefragt. Außerdem hatte sie einen außergewöhnlichen Namen.

Dann rang sie sich durch: „Ja, also ich heiße Cleopatra."

„So ein hübscher Name", sagte Felix „Du bist überhaupt sehr hübsch."

„Danke", antwortete Cleopatra schüchtern.

Sie lachten beide und empfanden eine tiefe Sympathie füreinander.

Sie verabschiedeten sich ganz herzlich von ihren neuen Freunden aus dem grünen Garten und machten sich pfeifend und singend auf den Weg in den nächsten Garten - dem blauen.

# Der blaue Garten

Nach einer Weile, als es langsam blauer um sie herum wurde, bemerkte Cleopatra, dass Felix stiller wurde.

„Was ist los? Du bist so nachdenklich", fragte sie.

„Blau ist eine wunderschöne Farbe, aber sie macht mich traurig", antwortete Felix langsam.

„Warum?", fragte Cleopatra weiter.

„Ich weiß es nicht. Es ist wohl auch nicht wirklich Trauer, was ich fühle. Es ist eher ...", Felix suchte nach dem richtigen Wort, „... Melancholie. Eine leise ziehende Sehnsucht nach etwas, das ich nicht beschreiben kann."

Sie waren inzwischen auf einer kleinen Anhöhe angekommen und schauten auf die blauen Stiefmütterchen herunter. Wie ein großer blauer Ozean lagen sie vor ihnen. Der Wind wiegte sie sanft, sodass es aussah, als ob es Wellen wären.

Der linke Teil des Gartens sah aus wie ein strahlend blauer Himmel.

Cleopatra konnte sich gar nicht sattsehen. Sie beschrieb Felix immer und immer wieder diese Schönheit und das herrlich ruhige und gleichzeitig energiegeladene Gefühl, das sie bei dem Anblick hatte.

Felix wurde dabei allerdings immer trauriger.

„Ach, Felix", seufzte Cleopatra, „so gerne würde ich dieses Gefühl mit dir teilen."

„Man muss ja nicht alle Farben leiden können", rief Felix aufgebracht.

Cleopatra sagte leicht erschreckt: „Oh, nein, das muss man wohl nicht. Aber man kann sich mit ihnen auseinandersetzen. Und das ist der Grund, warum ich in das Land des Regenbogens gekommen bin. Ich hatte immer Probleme mit der Farbe Rot. Ich wurde ungehalten, wenn ich mit der Farbe in Berührung kam. Irgendwann gab ich zu, dass ich bei Rot aggressiv wurde. Und das fand ich gar nicht lustig. Wo ich doch die Ausgeglichenheit in Person war. Allerdings stellte ich dann irgendwann einmal fest, dass ich durch die Aggression ungeahnte Energie bekam. Vor lauter Wut schaffte ich Dinge, zu denen ich mich nicht fähig glaubte. Diese Erkenntnis ließ mich nicht mehr los, bis ich eines Tages laut sagte: Es ist völlig in Ordnung, dass ich manchmal aggressiv bin."

„Jetzt wirst du aber zu philosophisch, Schneckchen", fuhr Felix überheblich dazwischen.

„Nenn mich nicht Schneckchen!", kreischte Cleopatra, „Du hörst dich an wie Amsel. Nur weil du ein Problem mit der Farbe Blau hast, musst du mich nicht beleidigen!"

„Du mit deiner Amsel. Wo ist er denn, wenn du so viel auf ihn hältst, hä?", keifte Felix streitlustig zurück.

Da kam eine Stimme aus dem Hintergrund. „Hier, hier bin ich."

Cleopatra drehte sich um und ihr Herz schlug höher. Da stand Amsel inmitten blauer Stiefmütterchen, die besorgt ihren Kopf hin und her neigten.

„Amsel! Was machst du denn hier?", rief Cleopatra.

Amsel lachte: „Och, eine Freundin von mir ist eine ziemlich eigenwillige Schnecke. Ich war froh, dass ich sie los war. Aber sie hat mich nachdenklich gemacht. Ich kriegte sie nicht mehr aus meinem Kopf. Na ja, und so bin ich ihr gefolgt. Ich dachte, Sänger kann ich auch noch ein wenig später werden."

„Amsel, was ist mit dir passiert? Du hast dich offensichtlich sehr verändert", sagte Cleopatra.

„Ich würde sagen, ich sehe jetzt vieles anders. Meine Mutter hatte recht. Es ist schon erstaunlich, das

Land der Regenbogenstiefmütterchen. Ich habe viele Abenteuer in den verschiedenen Gärten erlebt. Einige Abenteuer haben mich auf mich selbst stolz gemacht, weil ich sie bestanden habe, andere wiederum haben mich sehr nachdenklich gemacht, weil ich gemerkt habe, dass durch meine Reaktionen andere Lebewesen betroffen wurden und ich sie in Gefahr gebracht habe."

Cleopatra grinste: „Oh ja, wenn ich da so an unseren Flug denke, bei dem ich einige Male fast vor Angst gestorben bin. Aber ich bin angekommen - und zwar mutiger als je zuvor."

„Ihr redet vielleicht abgehoben daher. Schrecklich!", grollte Felix dazwischen.

Cleopatra und Amsel holten gerade trotzig Luft, als ein blaues Stiefmütterchen sagte: „Streitet euch nicht. Der blaue Garten ist der Garten des Friedens, der Geborgenheit und der Liebe."

Felix zischte: „Der Liebe! Das ich nicht lache. So ein Quatsch."

„Liebst du denn niemanden?", fragte das Stiefmütterchen erstaunt.

„Nein. Und mich liebt auch niemand, und das ist gut so", sagte Felix.

„Das stimmt nicht. Ich hab dich lieb", rief Cleopatra.

„Warum? Weil ich dir ein Kompliment gemacht habe? Du kennst mich doch gar nicht!", Felix Stimme überschlug sich fast.

„Ich kenne dich erst sehr kurze Zeit, das stimmt schon", sagte Cleopatra leise, „aber, deshalb bist du mir doch sympathisch. Ich kenne auch Amsel erst kurze Zeit, und ihn habe ich auch lieb gewonnen, obwohl wir uns die meiste Zeit nur gestritten haben."

Amsel lachte sein lautes, raues Lachen: „Das ist wohl wahr. Wir haben uns ganz schön die Hölle heißgemacht. Das verbindet scheinbar auch."

„Wenn sich Lebewesen streiten, heißt das nicht, dass sie sich nicht mögen. Eine tiefe, universelle Liebe kann sie trotzdem verbinden", sagte das blaue Stiefmütterchen ruhig.

„Du redest so geschwollen daher, dass es einem wehtut", rief Felix bissig.

Cleopatra fragte: „Felix", warst du am Anfang des blauen Gartens so traurig, weil du Liebe vermisst oder keine Liebe annehmen kannst oder willst?"

Felix wurde sehr wütend: „Wen soll ich schon lieben?", schrie er heraus.

Amsel sagte: „Fang doch mit dir selbst an. Das habe ich auch getan. Ich habe angefangen, mich selbst ernst zu nehmen. Und ich kann dir versichern, dass das ein gutes Gefühl ist. Seit ich mich selbst achte, können mich auch andere achten und ernst nehmen. Ich habe seitdem viele Freunde gewonnen, auf die ich mich verlassen kann und die sich auf mich verlassen können. Schnecke, das ist es wohl, was mich verändert hat. Und du bist dabei ein sehr wichtiges Lebewesen gewesen."

Cleopatra strahlte ihn an.

Plötzlich hörte sie ein Schluchzen hinter sich. Sie drehte sich um und sah Felix, der weinte.

„Ich hätte auch so gerne Freunde. Freunde, auf die ich mich verlassen kann, welche, die nicht gleich wieder verschwinden, wenn's mal schwierig wird", schniefte er.

Amsel sagte: „Vieles von dem, was du möchtest, liegt an dir selbst. Am besten fängst du sofort damit an. Manchmal ist es übrigens ganz gut, sich selbst und sein Leben mit Abstand anzusehen. Also, ihr zwei, steigt auf und seht euch das Land der Regenbogenstiefmütterchen von oben an."

„Ach noch was", setzte Amsel ernst hinzu, „'N bisschen schnell, Glitschi!"

„Oh, du unhöflicher Rüpel!", zeterte Cleopatra, konnte sich dabei aber vor Lachen kaum halten.

## Der nachtblaue und der hellviolette Garten

Bald schon saßen Cleopatra und Felix auf Amsels Rücken.

Die Schnecke sagte: „Bevor wir losfliegen, möchte ich gern, dass wir uns unsere Namen nennen. Ich heiße Cleopatra. Das hier ist Felix. Und wie heißt du, Amsel?"

„Ich heiße Amadeus."

Cleopatra lachte aus vollem Hals: „Das passt zu dir!"

Dann flogen sie los.

Amadeus zog langsame Kreise über den blauen, dann über den nachtblauen Garten.

„Dieser wird Garten der Klarheit und Weisheit genannt. Stellt euch vor, diese Farbe füllt euch ganz aus. Merkt ihr, wie ruhig und selbstbewusst ihr werdet und wie klar plötzlich das Leben erscheint?"

„Oh ja", seufzten die Schnecken gleichzeitig.

Schließlich flogen sie tief über den hellvioletten Garten. Es war, als tauchten sie in eine lila Wolke ein.
Felix rief: „Wunderbar! Plötzlich liegt alles so klar

vor mir. Jetzt weiß ich, was ich tun muss! Ich muss lernen, mich und andere einfach nur so zu lieben."

„Das ist ein guter Anfang, Felix", Schnecke strahlte ihn an.

Amadeus flog höher, und sie konnten das Land der Regenbogenstiefmütterchen in seiner ganzen farbenfrohen Pracht genießen.

Schließlich landete Amsel Amadeus am Ausgang bei den weißen Stiefmütterchen.

Alle drei bedankten sich sehr herzlich bei ihnen.

„Wohin werdet ihr jetzt gehen?", fragten die weißen Stiefmütterchen.

„Felix, was hältst du davon, wenn wir mit Amadeus in die große Stadt gehen und ihm helfen, ein berühmter Star zu werden?", fragte Cleopatra.

„Ja!", rief Felix aus vollem Herzen.

„Oh, nein!", kreischte Amadeus auf, „Ich brauche keine Aufpasser! Und schon gar keine so kleinen wie ihr es seid!"

Bevor Cleopatra und Felix etwas darauf erwidern konnten, war Amadeus schon losgeflogen, kam im Sturzflug zurück zur Erde und brüllte jubelnd: „Aber

Freunde, die brauche ich immer! Steigt auf und dann beginnt ein neues Abenteuer!"

Und beide Schnecken stiegen auf . . .

# Der Anhang

Information aus dem realen Leben:

# Schnecke

**Garten – Bänderschnecke**
Auch Schnirkelschnecke genannt

**Alter**: 5 -8 Jahre

**Nahrung**: Pflanzenreste und Algen

**Fortpflanzung**:
80 - 100 Eier werden in Erdmulden gelegt;
nach 21 Tagen schlüpfen die Schnecken mit
Haus
**Das Haus** wächst lebenslang mit, es gibt viele
verschiedene Farben bei den Häusern

**Im Winter**: bei Kälte fallen Schnecken in
Winterstarre
**Lateinischer Name**: Cepaea hortensis

# Amsel

Auch Schwarzdrossel genannt

**Alter:** 8 - 10 Jahre

**Nahrung:** Insekten, Würmer, Äpfel, Rosinen, Schnecken, Beeren, die sie nickend suchen

**Fortpflanzung:** 2-3 Jahresbruten von Februar – Juli mit jeweils 3-6 Eiern. Die Frau baut das Nest allein, sie bevorzugt immergrüne Gehölze, auch Nadelbäume. Sie brütet allein, aber beide Partner füttern die Jungen.
Während einer Brutperiode sind Amseln monogam
**Brutdauer:** 14 Tage, nach 15 Tagen verlassen die Jungen das Nest, können aber

noch nicht fliegen – erst mit 18 Tagen können sie fliegen, mit 32 Tagen sind sie selbstständig

**Feinde:** Sperber, Katzen, Elster, Falken, Eichhörnchen, Mensch, Klimawandel, Pestizide und seit Jahren der Usutu Virus, der den Bestand sehr reduziert hat

**Gesang:** Die Amselmännchen singen etwa 45 Minuten vor Sonnenaufgang während der Brutzeit. Auch wenn wir den Gesang als wunderschön empfinden, ist er letztendlich eine Reviermarkierung.

**Lateinischer Name:** Turdus merula

# Gänseblümchen

**Korbblütler, mehrjährig**, zieht sich im Winter mitsamt den Blättern komplett ein.

**Blüht** von März bis Oktober
Die Blüten neigen sich immer der Sonne zu. Abends schließt sich der Blütenkopf.

Bestäubt sich auch selbst, da die Blüten aus vielen einzelnen Blüten bestehen.

**Lateinischer Name:** Bellis perennis

# Stiefmütterchen

Die gezüchteten Pflanzen sind **ein- oder zweijährig**, die wilden Stiefmütterchen sind oft mehrjährig.
Sie vermehren sich durch Samen.

Sie blühen von März bis November. Es gibt eine unendliche Farbenvielfalt und viele nette, böse oder seltsame „Gesichter" auf den Blüten.

**Lateinischer Name:**
Viola wittrockiana – Gartenstiefmütterchen
Viola tricolor – wildes Stiefmütterchen

Hier ist eine kurze Darstellung der Regenbogenfarben und ihrer Zuordnung:

| Farbe | Symbolik | Wirkung |
|---|---|---|
| Rot | Lebensenergie, Erd-verbundenheit | anregend, wärmend |
| Orange | Kreativität, Begeisterung | Vitalisierend, Neues aufnehmen |
| Gelb | Entfaltung der Persönlichkeit Verarbeiten von Gefühlen | offener werden, optimistisch sein |
| Grün | Mitempfinden, Toleranz | erfrischend |
| Hellblau | Kommunikation, Inspiration | kühlend, regenerierend |
| Indigoblau | Intuition, Geisteskraft | entspannend, der Intuition trauen |
| Violett | Universelles Bewusstsein | beruhigend, reinigend |

# Farben und ihre Wirkung

Farben haben, ähnlich wie Düfte, eine große und direkte Wirkung auf den Menschen. Wir denken jedoch nicht darüber nach, was Farbe in uns auslöst und was Farbe mit uns macht. Aber wir empfinden Farben im Unterbewusstsein an ziemlich jedem Ort, an dem wir uns befinden, und handeln unbewusst danach.

Die wichtigsten sieben Farben sind:
**rot, orange, gelb, grün, hellblau, indigoblau, violett.**
Diese Farben beeinflussen uns tagtäglich. Gerne umgeben wir uns mit unseren Lieblingsfarben, je nach Stimmung benutzen wir mal hellere, mal dunklere Farben oder kombinieren sie.

Auf der ganzen Welt ordnet man Farben eine Symbolik und Wirkung zu. Nicht in allen Ländern der Erde sind es dieselben Zuordnungen, aber sie sind oft ähnlich.

Und noch etwas ist überall gleich: Farben machen den Menschen Freude. Wir lieben den Regenbogen mit seinen glänzenden Farben, die Blumen in ihrer Farbenvielfalt und die Sonnenaufgänge und -untergänge in ihrer Pracht.

Das gilt auch für die Tiere, auch wenn sie die Farben meistens etwas anders sehen als wir Menschen.

# Was ist Freundschaft?

Freundschaft ist etwas Wundervolles. Die beste Freundin oder der beste Freund weiß fast alles von einem. Man vertraut sich gegenseitig, weiß meistens, wie der andere auf und in Situationen reagiert. Man kann sich aufeinander verlassen und akzeptiert den anderen so, wie er ist.

Aber das alles kommt nicht über Nacht. Freundschaft muss wachsen. Sie braucht Zeit, oftmals viele Jahre, bis sie wirklich tief und ohne Zweifel ist.
Freundschaft kann sehr unterschiedliche Menschen oder Wesen miteinander verbinden.
Freundschaft ist ähnlich wie die Liebe. Es ist manchmal unglaublich, wohin sie fällt, wenn man dieses alte Sprichwort bemühen darf. Doch auch Freundschaft entsteht oft aus Sympathie auf den ersten Blick oder das erste Wort, das man miteinander spricht. Ist es der Klang der Stimme, der Duft, der einen umgibt oder etwas ganz anderes Unterschwelliges? Ganz genau wird man es nie wissen. Aber Tatsache ist: Freundschaften entstehen, obwohl man nichts, aber auch gar nichts miteinander gemeinsam hat.

Über die Autorin:

Susi Menzel schreibt sehr gerne Tiergeschichten. Aber nicht nur über Katzen, die natürlich als Katzenbesitzer auch ein bevorzugtes Thema sind, sondern auch über Bienen, Libellen, Igel, Rehe, Vögel und andere Tiere, die ihr gerade begegnen und die sie faszinieren.

Geschichten und Online - Lesungen finden Sie auf der Internetseite der Autorin

## www.smenzel.de

In der Rubrik: „**Lies mal wieder**" gibt es in (un)regelmäßigen Abständen für kurze Zeit Geschichten und Gedichte unterschiedlichster Art zu lesen.

Viele möchten wissen, was seine Katze macht, wenn sie nicht gerade faul auf dem Sofa liegt, sondern draußen ihr Revier abläuft. Nina wird zur Katze und erfährt, wie abenteuerlich ein Katzenleben sein kann.